*नवसाक्षर साहित्यमाला*



# पूछेरी

**मनोहर चमोली 'मनु'**

चित्रांकन

**सुभाष रॉय**

nbt.india

एकः सूते सकलम्

राष्ट्रीय पुस्तक न्यास, भारत

**NATIONAL BOOK TRUST, INDIA**

पूछेरी गरीब घर की लड़की है। उसके पैदा होते ही उसकी मां मर गई। पिता काम की तलाश में शहर गया था। फिर कभी गांव नहीं लौटा। दाई ने पूछेरी को कूड़ेदान में फेक दी। एक चौकीदार पूछेरी को उठा लाया। उसे दो बरस तक पाला-पोसा। चौकीदार का परिवार बड़ा था। लालन-पालन में दिक्कत हो रही थी। निराश होकर उसने पूछेरी को छोड़ दिया। दो साल की पूछेरी इधर-उधर घूमती। घर-घर जाकर रोती। लोग दया दिखाते। उसे खाना खिला देते। आंगन में सो जाने देते। कुछ लोग उसकी मदद भी कर देते।

समय बीत रहा था। पूछेरी बड़ी हो गई। गांव में इधर-उधर भटकती रहती। हर किसी से पूछती, 'मेरा नाम पूछेरी क्यों रखा?' सब एक ही जवाब देते, 'तू

सवाल बहुत करती है। कुछ न कुछ पूछती रहती है। तभी तेरा नाम पूछेरी पड़ा।'

पूछेरी पढ़-लिख नहीं पाई। कुछ सीख भी नहीं पाई। उसे एक ही काम आता था। घास काटना। वह जंगल जाती। घास काटती। घास के पुले बनाती। गठरी बांधती। गांव में फेरा लगाती। कोई न कोई उससे घास की गठरी खरीद लेता।

पंचायत के चुनाव हुए। नया पंचायती राज आया। महिलाएं भी सरपंच बनने लगीं। पूछेरी के गांव में

श्रीमती सरोजा को भोट दें

सरोजा प्रधान बनी। पूछेरी ने सरोजा का चुनाव प्रचार किया था। खूब मेहनत की थी। सरोजा को जिताने के लिए घर-घर घूमी। वोट जुटाए। सरोजा अब प्रधान बन गई। एक दिन की बात है। गांव में पंचायत की बैठक चल रही थी। पूछेरी भी वहां थी। सरोजा ने उसे अपने पास बुलाया। कहा, 'पूछेरी। आज मैं प्रधान हूं। तूने मेरे लिए खूब काम किया था। बता तुझे क्या चाहिए?'

पूछेरी कुछ बोल नहीं पाई। चुप रही।

उप प्रधान सुखराम बोले, 'पूछेरी मांग ले। कुछ भी मांग ले। ऐसा मौका दोबारा नहीं मिलेगा।'

पंचायत सदस्य रेहाना बोली, 'पूछेरी अपने लिए कोई वर मांग ले।'

सब हंस पड़े। पूछेरी रोती हुई चली गई। पूछेरी सोचने लगी, 'मेरा कोई नहीं है। सब मेरा मजाक बनाते हैं। मुझ पर दया दिखाते हैं। मुझे भीख नहीं चाहिए। पूछेरी ने ठान लिया। वह कुछ कर दिखाएगी। गांव में ही रहेगी। गांव के लिए बड़ा काम करेगी। ताकि कोई उस पर कभी न हंसे।

पूछेरी दिन भर घास काटती। उसे बेच कर अपना

पेट पालती। गांव के किनारे नदी थी। नदी से लगा हुआ घना जंगल था। गांव वाले जंगल से लकड़ी लाते। चारा-पत्ती लाते। महिलाएं झुंड बनाकर पशुओं के लिए घास काट कर भी लाती।

एक दिन की बात है। कुछ महिलाएं जंगल गई हुई थीं। वे घास काट रही थीं। पूछेरी भी घास काट रही थी। तभी वहां बाघ आ गया। बाघ ने एक महिला पर हमला बोला दिया। महिलाएं शोर मचाने लगीं। पूछेरी दौड़ी। उसके हाथ में दराती थी। उसने दराती से बाघ पर ताबड़-तोड़ वार किए। बाघ बुरी तरह घायल हो गया। महिला को छोड़ दिया और दुम दबा कर भाग गया। घायल महिला को पूछेरी पीठ पर लाद कर गांव आई।

सबने पूछेरी को शाबासी दी। प्रधान सरोजा ने उसके सिर पर हाथ फेरा। पूछेरी मन ही मन मुस्कराई।

घायल बाघ आदमखोद हो गया था। अब वह रात को गांव में घुस आता। पहले उसने कुत्तों को निशाना बनाया। फिर भेड़-बकरियों को शिकार बनाने लगा।

गांव में दहशत फैल गई। अंधेरा होते ही बाघ गांव

में घुस आता था। गर्मियों के दिन थे। लोग आंगन में सोने लगे थे। एक रात शोर मचा। लोग चिल्लाए, 'पकड़ो! पकड़ो! बाघ!'

बाघ को कौन पकड़ता। वह फिर आया। रेहाना का बेटा आंगन में सो रहा था। बाघ ने हमला बोल दिया। सबने शोर मचाया। बाघ भाग गया। लेकिन रेहाना का बेटा बचा नहीं।

सारा गांव परेशान था। पंचायत की बैठक हुई। कोई कुछ सुझाव देता तो कोई कुछ। पूछेरी भी बैठक में थी। वह बोली, 'इस बाघ से मैं निपटूंगी।'

सब हंस पड़े। सरोजा प्रधान ने कहा, 'पूछेरी। बाघ आदमखोर हो गया है। वह चालाक है। दबे पांव आता है। बिजली की तरह चमकता है। हवा से भी तेज दौड़कर भाग जाता है। बाघ से निपटना हंसी-खेल नहीं।'

पूछेरी चुप रही। उसने मन ही मन ठान लिया। अपने आप से बोली, 'देख पूछेरी। गांव को बाघ के आतंक से बचा।'

पूछेरी दराती की धार पैनी रखती। अकेले जंगल जाती। बाघ को खोजती। घास काट कर लाती। रात

भर गांव के चक्कर लगाती। पर उसे बाघ कहीं दिखाई नहीं देता।

एक दिन की बात है। चांदनी रात थी। गांव वाले सो चुके थे। पूछेरी स्कूल के आंगन में सो रही थी। अचानक कुत्ते जोर-जोर से भौंकने लगे।

तभी गांव में शोर मचने लगा। सुखराम ने चिल्लाते हुए आवाज लगाई, 'गांव वालो बचाओ। बाघ ने मेरा पोता उठा लिया है।'

पूछेरी ने भी सुना। उसने झट से दराती उठा ली। बाघ बच्चे को मुंह में दबाए भाग रहा था। पूछेरी डट कर बाघ के सामने खड़ी हो गई। इससे पहले बाघ

कुछ समझ पाता। पूछेरी ने बाघ की कमर पर दराती से तेज चोट की। बाघ गुर्राया तो बच्चा उसके जबड़े से छूट गया। बाघ ने जैसे ही अपना मुंह खोला। पूछेरी ने दराती उसके मुंह में फंसा दी। बाघ हड़बड़ा गया। पूछेरी ने दोनों हाथों से बाघ को दबोच लिया। दोनों जमीन पर लोट-पोट हो रहे थे। सारा गांव जमा हो गया। सबने बाघ को घेर लिया। किसी को कुछ सूझ नहीं रहा था।

पूछेरी ने झट अपनी चुनरी से बाघ के पैर बांध दिए। तभी सुखराम ने बाघ के सिर पर लोहे की छड़ दे मारी। बाघ ढेर हो गया। सुखराम ने अपना पोता गोद में ले लिया। तभी प्रधान सरोजा आ गई। सबने प्रधान को सारा किस्सा सुनाया।

प्रधान सरोजा ने पूछेरी को गले लगा लिया। उसे सिर पर हाथ रख दिया। कहने लगी, 'पूछेरी तू मेरी बच्ची जैसी है। आज से तू मेरे साथ रहेगी।'

सुखराम बोले, 'नहीं प्रधान जी! आज से यह मेरी बेटी हुई।'

गांव वाले बोले, 'नहीं सुखराम जी। हमने पूछेरी को देर से जाना। हमसे गलती हुई है। पूछेरी हम

सबकी बेटी है। इस गांव की बेटी है।'

पूछेरी की आंखें भर आईं। वह खुश थी। उसने अपने आप से कहा, 'यह गांव मेरा है। मैं अकेली नहीं हूं। सब मुझे प्यार करते हैं।

**एजूकेशनल स्टोर्स** : एस-5, बुलंदशहर रोड इंडस्ट्रीयल एरिया, साईट-I, गाजियाबाद (उ.प्र.)